Glitzerkatze und Stinkmaus

Andreas Steinhöfel wurde 1962 in Battenberg geboren, arbeitet als Übersetzer und Rezensent und schreibt Drehbücher – vor allem aber ist er Autor zahlreicher, vielfach preisgekrönter Kinder- und Jugendbücher, wie z.B. »Die Mitte der Welt«. Für »Rico, Oskar und die Tieferschatten« erhielt er u.a. den Deutschen Jugendliteraturpreis. Nach Peter Rühmkorf, Loriot, Robert Gernhardt und Tomi Ungerer hat Andreas Steinhöfel 2009 den Erich Kästner Preis für Literatur verliehen bekommen. 2013 wurde er mit dem Sonderpreis des Deutschen Jugendliteraturpreises für sein Gesamtwerk ausgezeichnet.

Ole Könnecke wurde 1961 in Göttingen geboren und verbrachte seine Kindheit in Schweden. Er studierte Germanistik und begann nebenbei mit dem Zeichnen. Sein charakteristischer Stil ist einer der seltenen Glücksfälle im Bereich der Kinderliteratur. Im Carlsen Verlag sind bereits zahlreiche Bücher von Ole Könnecke erschienen. Er lebt mit seiner Familie in Hamburg.

Andreas Steinhöfel

Glitzerkatze und Stinkmaus

Mit Illustrationen von Ole Könnecke

CARLSEN

Außerdem von Andreas Steinhöfel im Carlsen Verlag lieferbar:
Anders
Beschützer der Diebe
David Tage Mona Nächte
Defender
Der mechanische Prinz
Die Mitte der Welt
Dirk und ich
Es ist ein Elch entsprungen
My Brother and I
O Patria Mia!
Paul Vier und die Schröders
Rico, Oskar und die Tieferschatten
Rico, Oskar und das Herzgebreche
Rico, Oskar und der Diebstahlstein
Trügerische Stille

MIX
Papier aus verantwortungsvollen Quellen
FSC® C014496
FSC
www.fsc.org

Veröffentlicht im Carlsen Verlag
September 2014

Umschlagbild und Innenillustrationen: Ole Könnecke
Umschlaggestaltung: formlabor
Corporate Design Taschenbuch: bell étage
Gesetzt aus der Minion von Dörlemann Satz, Lemförde
Druck und Bindung: GGP Media GmbH, Pößneck
ISBN 978-3-551-31352-2
Printed in Germany

Für Anita, die wirklich glitzert

KATER

Inhalt

KAPITEL
EINS

Wie Pellegrine die Stinkmaus kennenlernte

Glitzerkatzen glitzern, das sagt ja schon der Name. So eine richtige Glitzerkatze, eine von den echten, die sieht besser aus als ein Weihnachtsbaum mit bratzelnden Wunderkerzen. Sie sieht sogar besser aus als Silvester, wenn tausend Raketen in der Luft zerknallen und der ganze Himmel wunderschön in allen Farben leuchtet. Deswegen sind Glitzerkatzen ja auch so beliebt.

Wer noch keine Glitzerkatze gesehen hat, ist selber schuld. Der soll bloß nicht sagen, die gibt's ja gar nicht. Klar gibt's die. Es gibt sogar eine ganze Menge. Aber wer eine Glitzerkatze hat, wie zum Beispiel Herr Fischer, der zeigt sie keinem. Herr Fischer sagt immer: »Ich bin doch nicht verrückt! Wenn ich meine Glitzerkatze jemandem zeige, dann wird sie doch sofort geklaut.«

Und er hat Recht! Glitzerkatzen werden häufiger geklaut in unserem Land als Autos oder Schokolade, weil sie so kostbar sind. Manchmal werden sie auch nur entführt und gegen Lösegeld wieder freigelassen. Oder manchmal … na ja.

Eigentlich geht es ja jetzt um Herrn Fischer und seine Glitzerkatze. Diese Glitzerkatze bekam eines Tages drei Babys. Das fand Herr Fischer natürlich ganz famos. Drei neue Glitzerkatzen, damit konnte er einen Haufen Geld verdienen!

Jetzt ist es aber so bei Glitzerkatzen, dass die erst anfangen mit dem Geglitzer und dem Geflimmer und dem Geleuchte, wenn sie schon ein bisschen älter sind. So ungefähr ab zwei Monaten. Und nach zwei Monaten, da glitzerte eine von Herrn Fischers neuen Glitzerkatzen noch kein bisschen. Überhaupt nicht. Nicht mal so viel wie ein rostiger Pfennig. Der kleinen Katze – sie

hieß übrigens Pellegrine – machte das nichts aus.
Wenigstens nicht am Anfang. Glitzerkatzen ist es nämlich schnurzegal, ob sie glitzern oder nicht. Genauso, wie es Stinkmäusen eigentlich egal ist, ob sie *nicht* stinken oder doch. Aber das ist jetzt noch nicht so wichtig.
Wichtig ist, dass Herr Fischer sauer war, weil Pellegrine nicht glitzerte. Er war *so* sauer, dass er Pellegrine nach drei Monaten, als ihre Geschwister schon längst aussahen wie Weihnachten und Silvester zusammen, einfach rausschmiss. Und zwar an einem Tag, an dem es draußen in Strömen regnete und ziemlich kalt war. Nette Leute tun so was nicht. Aber Herr Fischer, der war ein Mistkerl. Der kannte da nix. Kein Geglitzer, Katze raus! So einfach war das.
Und Pellegrine, die saß jetzt auf der nassen Straße. Ihr war kalt am Hintern. Also kratzte sie an Herrn Fischers Tür herum, damit er sie wieder reinließ. Aber Herr Fischer … na ja … wie Mistkerle eben so sind.

Das dachte Pellegrine auch. So sind sie eben, die Mistkerle!, dachte sie. Davon wurde ihr zwar der Hintern nicht wärmer, aber sie fühlte sich besser. Als sie sich nicht mehr besser fühlte, fing sie an zu heulen.

Aber das half auch nicht und deswegen hörte sie nach einer halben Stunde damit auf.

So geht's nicht weiter, dachte Pellegrine. Sie guckte die Straße rauf und die Straße wieder runter. Viel sah sie nicht, weil es schon dunkel war. Eigentlich sah sie nur Straßenlaternen und wie im Licht der Laternen die nasse Straße glitzerte. Da hätte sie fast wieder angefangen zu heulen, weil sie wusste, dass sie niemals so glitzern würde wie eine nass geregnete Straße.

Aber Pellegrine riss sich zusammen. Und dann beschloss sie alles, was glitzerte, blöd zu finden.

Blödes Geregne!, dachte sie und stapfte weiter durch die Kälte. Und so hätte Pellegrine womöglich noch Grippe gekriegt in dieser

Nacht, wenn sie nicht der Stinkmaus begegnet wäre.
Das mit den Stinkmäusen, das ist ganz einfach. Es ist genau umgekehrt wie bei den Glitzerkatzen. Stinkmäuse stinken nämlich eigentlich *nicht*, sie heißen nur so. Aber wenn sie doch stinken, dann fliegen sie raus. Nicht bei irgendwelchen Herrn Fischers oder anderen Mistkerlen, sondern bei ihren eigenen Familien. Und das ist viel schlimmer. Das wünscht man keinem, auch keiner Stinkmaus.
Aber genau das war passiert. Odoretta stank wie die Pest und sie war rausgeflogen. Und jetzt saß sie am Ende der Straße, unter dem Dach der letzten Bushaltestelle, und kaute Kaugummi mit Himbeergeschmack, weil sie nichts Besseres gefunden hatte. Dann kam Pellegrine.
»Hey!«, rief Odoretta.
Pellegrine war klatschnass. Sie fror erbärmlich. Sie fand die Welt doof und jetzt wurde sie auch noch von dieser Maus angequatscht.

»Ich heiße Pellegrine und nicht ›Hey‹«, schrie sie die Maus an. Die Maus konnte zwar für gar nichts was, aber sonst war niemand zum Anschreien da und immerhin war Pellegrine wütend und ihr war kalt und womöglich würde sie die Grippe kriegen.
»Ich heiße Odoretta«, sagte Odoretta und dann fragte sie: »Frierst du?«
»Ich friere mich tot«, sagte Pellegrine und das meinte sie ganz im Ernst.
»Ich kenne ein trockenes Plätzchen«, sagte Odoretta. »Wenn du willst, dann nehme ich dich dahin mit.«
»Warum?«, fragte Pellegrine.
»Na, das ist doch ganz einfach«, sagte Odoretta. »Weil wir jetzt Freunde sind, darum.«
»Nee«, sagte Pellegrine, »das geht nicht! Mäuse können nicht Freunde von Katzen sein.«
»Wer sagt das?«, fragte Odoretta.
Das wusste Pellegrine nicht. Das weiß keiner. Alle denken immer, das wäre eben so, aber es ist natürlich totaler Blödsinn.

»Also was ist?«, fragte Odoretta.
Pellegrine hätte gerne eine Freundin gehabt. Odoretta war zwar eine Maus, aber wenigstens glitzerte sie nicht. Lieber eine Stinkmaus zur Freundin als gar niemanden haben auf der Welt, dachte Pellegrine.
»Na gut«, sagte sie.
»Klasse!«, rief Odoretta. »Willst du was von meinem Kaugummi abhaben?«
»Nein, danke«, sagte Pellegrine. »Ich würde lieber jetzt gleich zu dem trockenen Plätzchen.«
Also ging Odoretta los und Pellegrine folgte ihr. Nach zehn Minuten standen die beiden vor einer alten Scheune am Stadtrand. Die Tür der Scheune stand ein kleines bisschen offen. Und weil Katzen, und da gehören Glitzerkatzen schließlich auch dazu, sich ganz dünn machen können, passte Pellegrine hervorragend durch die Tür. Odoretta, klar, die sowieso. Stinkmäuse sind schließlich nicht größer als andere Mäuse.
In der Scheune gab es eine Menge Heu. Odo-

retta nahm den Kaugummi aus dem Mund und zeigte auf einen Heuhaufen.
»Das ist unser Bett für heute Nacht«, sagte sie.
»Nicht übel«, sagte Pellegrine.
Und nach einer Weile, als sie im Heu lagen, da kuschelte sich Odoretta ganz dicht an Pellegrine dran und es war ziemlich gemütlich.
»Weißt du was?«, fragte Pellegrine.
»Nee«, sagte Odoretta.
»Du stinkst nach toten Fischen.«
»Das tut mir leid«, sagte Odoretta. »Ich stinke jeden Tag nach was anderem.«
»Macht nix«, murmelte Pellegrine. Das Heu um sie herum war so warm, dass sie schon fast eingeschlafen war. »Weißt du noch was, Odoretta?«, sagte sie.
»Hm?«
»Du bist meine einzige Freundin auf der Welt und du kannst stinken, so viel du willst.«
»Danke«, sagte Odoretta.
Und dann waren beide eingeschlafen und das

Einzige, was man noch hören konnte, das waren die Regentropfen, die leise, leise auf das Dach der Scheune fielen.

KAPITEL
ZWEI

Wie Pellegrine für Odoretta ein Geschenk besorgte

Alte Scheunen mit viel warmem Heu drin sind nicht schlecht. Draußen kann es noch so kalt sein, in der Scheune kriegt man davon nichts mit. Höchstens vielleicht ein bisschen Wind, der durch die Bretterwände pustet und pfeift, aber das war's dann auch schon.

Pellegrine und Odoretta wohnten nun schon seit drei Wochen in der Scheune am Stadtrand.

Eines Morgens sagte Odoretta: »Ich besorg uns jetzt was zu essen.«

»Gut«, sagte Pellegrine und Odoretta schlüpfte aus der Scheunentür.

Gute Freunde sorgen für einen, sonst können sie einem den Buckel runterrutschen,

dachte Pellegrine. Und weil Odoretta so eine gute Freundin war, wollte sie ihr etwas schenken. Etwas Nettes.
Das war schwierig. Glitzerkatzen können nicht einfach irgendwo einkaufen gehen. Für die gibt es keine Supermärkte und keine Geschäfte. Für Katzen gibt es nur Mülltonnen. Und Mülltonnen, dachte Pellegrine, die gibt's in der Stadt.
Der Himmel war grau, als sie sich auf den Weg in die Stadt machte. Pellegrine freute sich. Wenn der Himmel grau war, konnte die Sonne nicht scheinen. Wenn die Sonne nicht schien, konnte nichts glitzern. Und wenn nichts glitzerte, dann hatte Pellegrine die beste Laune.
In der Stadt liefen überall Menschen herum, aber niemand beachtete Pellegrine. Das wäre anders gewesen, wenn sie geglitzert hätte. Deswegen war sie ganz, ganz ausnahmsweise froh, dass sie aussah wie eine stinknormale Hauskatze.
Sonst war Pellegrine überhaupt nicht froh,

dass sie nicht glitzern konnte. Manchmal lag sie abends im Heu und heulte ein bisschen deswegen.
Dann sagte Odoretta immer: »Heul doch nicht. Ich hab dich trotzdem gerne!«
Na ja … Pellegrine lief ein bisschen hin und her, guckte mal in diese Straße und mal in jene. Nur in die Straße, in der Herr Fischer wohnte, ging sie nicht. Den Mistkerl wollte sie nicht sehen. Schließlich hatte der sie bei Wind und Wetter rausgeschmissen.
An einer Straßenecke blieb Pellegrine stehen. Sie hob ihre Nase in die Luft und schnupperte.
Da! Aus der Straße wehte, daran gab es keinen Zweifel, der bezaubernde Duft von frischem Müll. Pellegrine fand den Duft wirklich bezaubernd. Sie war ja jetzt viel Schlimmeres gewöhnt. Zum Beispiel hatte Odoretta gestern nach Abflussreiniger gestunken, den ganzen Tag, und immerhin war Sonntag gewesen.
Ganz am Ende der Straße stand die Müll-

tonne, aus der der Gestank kam. Es war kein Deckel drauf. Als Pellegrine näher gekommen war, da sah sie, dass oben aus der Mülltonne ein alter Schuh rausguckte. Er war knallrot und zerknautscht und total kaputt. Pellegrine konnte ihr Glück kaum fassen. So ein alter Schuh, der war das ideale Bett für Odoretta! Ein bisschen Heu rein und fertig!
Die Mülltonne war hoch. Aber Pellegrine war eine hervorragende Springerin, vielleicht sogar die beste der Welt. Sie sprang auf die Mülltonne, nahm den Schuh ins Maul und sprang wieder runter, ruckzuck! Und dann guckte sie sich den Schuh an.
Er war noch besser, als sie gedacht hatte. Der Schuh war nicht nur toll rot, er stank auch noch! Er stank nach Käsefüßen und alten Socken und das waren Odorettas Lieblingsdüfte, außer Hundekacke.
Pellegrine war richtig glücklich.
Aber nicht lange. Als sie nämlich mit dem Schuh gerade zur Scheune zurücklaufen wollte, stand plötzlich ein Strubbelköter vor

ihr. Strubbelköter hat jeder schon gesehen. Die rennen durch die Gegend und haben mordsmäßig Spaß, wenn sie Katzen jagen oder auf frisch bepflanzte Blumenbeete pinkeln können.

Der Strubbelköter, der jetzt vor Pellegrine stand, war komplett schwarz. Von oben bis unten. Sogar seine Augen waren schwarz und er sah total fies aus.

»Gib mir den Schuh!«, sagte der Strubbelköter.

»Du spinnst wohl«, sagte Pellegrine.

Der Strubbelköter fletschte die Zähne. Wer schon mal gesehen hat, wie so ein schwarzer Hund vor einem steht und die Zähne fletscht, der vergisst es nicht. Das sieht ganz schrecklich aus. Das sieht aus, als würde man gleich ein Stück aus dem Hintern gebissen bekommen oder aus dem Bein. Total gefährlich sieht das aus.

»Lass mich in Ruhe«, sagte Pellegrine.

Sie stellte sich vor den Schuh. Sie hatte keine Angst.

HOP
HEP
HUP

»Schuh her«, sagte der Strubbelköter. Und dann knurrte er auch noch. Es hörte sich an wie Gewitter mit Hagelsturm. Der Strubbelköter machte einen Schritt auf Pellegrine zu.
»Ich hau dich«, sagte Pellegrine.
Dem Strubbelköter war das egal. Er blieb nicht stehen. Er machte noch einen Schritt nach vorne und noch einen. Vielleicht dachte er, Pellegrine würde sich nicht trauen ihn zu verkloppen. Aber Pustekuchen! Pellegrine war mutig. Pellegrine konnte nicht glitzern, aber mit so einem dahergelaufenen Köter wurde sie jederzeit fertig.
»Mit dir werde ich jederzeit fertig!«, schrie sie den Strubbelköter an. Und dann tatzte sie ihm eine um die Ohren. Sie tatzte nicht fest. Am liebsten hätte sie überhaupt nicht getatzt, weil sie Kloppereien bescheuert fand. Aber das mit dem Strubbelköter, das war Notwehr.
Der Strubbelköter jaulte und haute ab. Selbst schuld, dachte Pellegrine. Sie schnappte sich den Schuh und ging nach Hause. Es liefen

immer noch überall Menschen herum, die grauen Wolken hingen jetzt ganz tief über der Erde und es regnete.
Pellegrine dachte an den Tag, als Herr Fischer sie rausgeworfen hatte. Da hatte es auch geregnet. Sie war sauer, wenn sie an Herrn Fischer dachte. »Wenn ich den mal treffe«, murmelte sie, »kriegt er was von mir zu hören!«
Aber heute traf sie Herrn Fischer nicht. Heute fand sie auf dem Weg zur Scheune ein Stück alte Zeitung. Das war Glück. Da konnte sie den Schuh drin einwickeln wie ein richtiges Geschenk. Und das tat sie. Als sie in der Scheune ankam, wartete Odoretta schon auf sie.
»Ich hab Käserinde gefunden und ein altes Schulbrot mit Leberwurst drauf«, sagte Odoretta.
»Ich hab auch was gefunden«, sagte Pellegrine. Sie schüttelte sich den Regen aus dem Fell und legte das Päckchen mit dem Schuh drin vor Odoretta auf den Boden.

»Was ist das?«, fragte Odoretta.
»Das ist ein Geschenk«, sagte Pellegrine.
»Warum schenkst du mir was?«, fragte Odoretta.
»Weil du so eine gute Freundin bist«, sagte Pellegrine.
Odoretta wickelte den Schuh aus dem Zeitungspapier.
»Das ist das beste Geschenk«, sagte sie und plötzlich roch sie nach Vanillepudding. Das war bei ihr ein Zeichen dafür, dass es ihr richtig gut ging.
»Freust du dich?«, fragte Pellegrine.
»Ich freu mir ein Loch in den Bauch«, sagte Odoretta.
»Gut«, sagte Pellegrine. »Dann können wir jetzt essen.«
Die Leberwurst war nicht schlecht. Die Käserinde war auch nicht schlecht. Unter Pellegrines Stück Käserinde lag ein kleines Päckchen mit Stanniolpapier drum rum.
»Hey, was ist das?«, fragte Pellegrine.
Odoretta grinste nur.

Pellegrine war gespannt. Noch nie hatte ihr jemand etwas geschenkt. Sie packte ihr Geschenk aus. Es war ein winzig kleines Stück von einem Spiegel.
»Das ist sehr schön«, sagte Pellegrine.
»Es ist dafür, dass du ab und zu ein bisschen glitzern kannst«, sagte Odoretta.
Als Pellegrine abends im Heu lag und neben ihr Odoretta in dem knallroten Schuh und es draußen schon dunkel war, da sagte Pellegrine:
»Danke, Odoretta.«
»Keine Ursache«, murmelte Odoretta.
Dann schliefen sie ein. Pellegrine träumte davon, wie glücklich sie war. Und weil Odoretta auch gerade träumte, wie glücklich sie war, und dabei immer noch nach Vanillepudding roch, bekam sie das Beste nicht mit.
Wenn sie nämlich aus ihrem Schuh rausgeguckt hätte, dann hätte sie etwas Tolles gesehen. Sie hätte gesehen, wie Pellegrine neben ihr, nur ganz, ganz kurz, glitzerte wie ein Weihnachtsbaum.

KAPITEL
DREI

Wie Pellegrine und Odoretta die Spatzmeise fanden

An dem Tag, an dem Odoretta die Spatzmeise in der Scheune entdeckte, da war sie richtig sauer. Pellegrine war überhaupt nicht sauer. Pellegrine fand es aufregend, dass endlich mal wieder was passierte.
Die beiden waren gerade zurückgekommen vom Spazierengehen. Draußen schien die Sonne und die Luft war warm. Überall roch es wunderbar nach Frühling. Und obwohl alles Mögliche geglitzert hatte wie frisch geputzt, war sogar Pellegrine ausnahmsweise nicht traurig. Die Welt war einfach zu schön! Jedenfalls, bis sie zurück in die Scheune kamen. »Was ist das denn?«, kreischte Odoretta.
»Ein Piepmatz!«, rief Pellegrine. »Wie niedlich!«

Der Piepmatz war winzig klein. Er hatte kurze, fluffige Federchen am ganzen Körper, die waren braun und blau und gelb und schwarz. Er hatte einen breiten Schnabel. Er hatte große, schwarze Augen und noch größere Füße. Und er saß mitten in Odorettas knallrotem Schuh.

»Ach, wie niedlich!«, sagte Pellegrine.

»Ha!«, sagte Odoretta. »Du hast gut reden!«

Das muss man sich aber auch mal vorstellen:

Da geht man spazieren, weil so schönes Wetter ist und weil man richtig gute Laune hat, Vanillelaune sozusagen. Und man kommt nach Hause und der Schuh ist besetzt!
»Wo kommst du her, du?«, fragte Odoretta den kleinen Vogel.
Sie fragte ganz freundlich. Aber in Wirklichkeit war sie total wütend. Deswegen stank sie auch wie verrückt. Pellegrine hatte Odoretta noch nie so stink-altes-Hühnerei-mit-vergammelten-toten-Fischen-wütend erlebt.

Der kleine Vogel sagte gar nichts. Er guckte Pellegrine und Odoretta nur an, über den Rand von dem knallroten Schuh, und sah ziemlich unglücklich aus.
»Also, wo kommst du her?«, fragte Odoretta noch einmal.
»Tschilp«, piepste der Vogel.
»Das ist ja wohl keine Antwort!«, sagte Odoretta.
Pellegrine schaute nach oben, unter das Holzdach der Scheune. Vielleicht war der Vogel vom Himmel runtergefallen. Vielleicht war er durch ein Loch im Dach genau in den Schuh geplumpst. Sie verrenkte sich den Hals, aber oben war alles dicht. Kein Loch, kein Garnix. Wahrscheinlich, dachte Pellegrine, war er einfach durch die Tür gekommen. Und dann hatte sie eine Idee. »Vielleicht ist er rausgeschmissen worden, weil er nicht glitzern kann!«, sagte sie.
»Pah!«, sagte Odoretta. Sie tippte einen Fuß auf den Boden und guckte in die Luft, weil sie so genervt war. »Pah!«

Eigentlich glaubte Pellegrine das ja selber nicht, das mit dem Glitzern. Bunte Vögel, die gab's. Aber so richtig glitzerige?

Andererseits, dachte sie, hab ich auch noch nie was von so einem komischen Piepmatz gehört. Der Vogel sah aus wie eine Mischung aus einem Spatz und einer Meise.

»Nix Halbes und nix Ganzes«, hätte Herr Fischer gesagt, »und hässlich noch dazu.«

Jedenfalls hässlich genug, um rausgeworfen zu werden. Und Herr Fischer, der war schließlich Experte, wenn es ums Rauswerfen ging.

»Sieht aus wie eine Spatzmeise«, sagte Pellegrine.

»Tschilp!«, piepste die Spatzmeise.

»Ist mir doch egal«, sagte Odoretta. »Ist mir doch piepegal!«

Die Spatzmeise zog ihren Kopf ein. Wenn sie bloß nicht heult, dachte Pellegrine. Wenn die anfängt zu heulen, dann heule ich auch. Schließlich ist sie ja alleine auf der Welt und kann nichts dafür.

»Raus da!«, brüllte Odoretta plötzlich.
»Sei nicht so stinkig!«, sagte Pellegrine. »Sie ist doch noch so klein.«
»Tschilp!«, kreischte die Spatzmeise und riss den breiten Schnabel ganz weit auf.
»Die hat Hunger«, sagte Pellegrine.
Sie hatte Recht. Kleine Vögel müssen viel essen. Eigentlich müssen sie dauernd was essen, sonst bleiben sie klein und winzig. Sie können später nicht richtig singen und mit dem Fliegen klappt's dann auch nicht. Das wusste sogar Odoretta. »Na ja«, sagte sie und stank schon etwas weniger. »Wir können ihm ja einen Wurm suchen. Oder ein Stückchen Käse.«
Käse fanden sie draußen vor der Scheune natürlich keinen. Schließlich liegt der nicht einfach so in der Landschaft rum. Aber einen Regenwurm, den fanden sie. Sie fanden ihn unter einem Stein, den Pellegrine umdrehte. Der Regenwurm war groß.
Vielleicht ein wenig zu groß, dachte Pellegrine.

»Prima«, sagte Odoretta.

»Mittagessen für den Piepmatz«, sagte Pellegrine.

Sie wollten gerade wieder in die Scheune gehen, als Odoretta etwas sah. Auf der Wiese neben der Scheune standen eine Menge Bäume. Und auf einem von den Bäumen saß, ganz oben in den Zweigen, ein Rabe.

»Hey!«, rief Odoretta nach oben. »Hey, du Rabe! Kennst du die kleine Spatzmeise, die in meinem knallroten Schuh sitzt?«

»Raaab!«, krächzte der Rabe. Und er flatterte mit seinen schwarzen Flügeln und schwang sich aus den Zweigen und flog davon.

»Die sind ja alle blöd, die Vögel!«, sagte Odoretta und folgte Pellegrine in die Scheune.

Da wartete schon das nächste Problem.

Pellegrine und Odoretta hatten nämlich noch nie einen kleinen Vogel gefüttert. Sie wussten nicht, ob sie dem Piepmatz den Regenwurm einfach in den Schnabel stopfen sollten oder ob sie ihn vorkauen mussten.

»Niemals!«, sagte Odoretta mit gerümpfter

Nase. »Niemals kaue ich rum auf so einem Wurm! Da ist ja sogar noch Erde dran!«
»Stell dich nicht an«, sagte Pellegrine. »Wenn es Käse wäre, würdest du ihn auch vorkauen.«
»Wenn es Käse wäre«, sagte Odoretta, »würde ich ihn aufessen.«
»Tschilp!«, schrie die Spatzmeise hungrig. »Tschi-i-ilp!«
»Oje, oje!«, sagte Pellegrine. Und sie stopfte der Spatzmeise den Wurm schnell in den Schnabel.
Vorkauen war da gar nicht nötig. Die Spatzmeise schluckte und der Wurm war weg. Ruckzuck ging das. Aber ein einzelner Wurm, der macht noch nicht satt.
»Tschi-hi-hilp!«, schrie die Spatzmeise.
Aber als Pellegrine gerade überlegte, wo sie den nächsten Wurm herkriegen sollte, rief plötzlich jemand: »Da bist du ja, du Ausreißer!«
Im Eingang der Scheune standen ein Spatz und eine Meise, die aufgeregt mit den Flügeln schlugen.

»Ist das euer Piepmatz?«, fragte Odoretta.
»Ja«, piepste der Spatz. »Wir haben ihn überall gesucht. Er ist nämlich einfach ausgebüxt.«
»Der Rabe hat uns erzählt, dass er hier ist«, sagte die Meise.
»Ich hoffe, er hat Ihnen keine Unannehmlichkeiten gemacht«, piepste der Spatz.
»Pah!«, sagte Odoretta.
»Vielen Dank für alles«, sagte die Meise.
Und sie stolzierte mit ihrem Mann aus der Scheune hinaus.
Schwups! sprang die Spatzmeise aus Odorettas Schuh und rannte auf kurzen Beinen hinter ihren Eltern her. Sie flatterte mit ihren Stummelflügeln und hüpfte in die Luft und auf einmal stolperte sie über ihre zu großen Füße und fiel auf den Schnabel.
»Wie niedlich!«, sagte Pellegrine.
Dann waren die Vögel verschwunden und Pellegrine fand es ein bisschen traurig.
Odoretta fing an ihren Schuh zu putzen.
»Blöder Vogeldreck!«, schimpfte sie.

»Ich wünschte, die Spatzmeise wäre noch ein bisschen hiergeblieben«, sagte Pellegrine.
Erst antwortete Odoretta gar nichts. Sie putzte an ihrem Schuh rum und war muffelig. Dann hatte sie keine Lust mehr, muffelig zu sein. »Tschilp!«, sagte sie.
»Du hast ja 'ne Meise«, sagte Pellegrine.
»Natürlich, mein Spatz«, sagte Odoretta.
Und beide lachten und sie lachten noch, als die Sonne schon längst untergegangen war an diesem schönen Frühlingstag.

KAPITEL
VIER

Wie Pellegrine und Odoretta einen Geradeausflug machten

»Heute machen wir einen Ausflug!«, beschloss Odoretta.
Sie hatte zur Scheunentür rausgeschaut und sofort Vanillelaune bekommen: Draußen war das tollste Wetter! Die Sonne schien strahlend von einem blauen Himmel herab und lauer, duftiger Wind wehte über das Land.
Pellegrine streckte die Nase in die Luft und schnupperte. Es roch wirklich nach bestem Ausflugswetter. Das kam ihr gerade recht! Bei einem Ausflug, da musste sie nicht darüber nachdenken, dass sie nicht glitzern konnte.
»Was für einen Ausflug machen wir denn?«, fragte sie.

»Natürlich einen Geradeausflug«, antwortete Odoretta.

»Auweia!«, sagte Pellegrine.

Das ist nämlich so: Bei einem Geradeausflug, da darf man immer nur geradeaus gehen. Da müssen alle möglichen Hindernisse überwunden werden, bis es kein Stück mehr weitergeht.

Wenn zum Beispiel ein Baum im Weg steht, dann ist der kein richtiges Hindernis. Über einen Baum kann man schließlich drüberklettern. Und ein Berg gilt auch nicht. Da kann man vorne rauf- und hinten wieder runterkraxeln.

Mit ganz viel Glück kommt man bei einem Geradeausflug sogar bis ans Meer. Da schwimmt man dann durch und auf der anderen Seite geht es geradeaus weiter. Und weil die Erde rund ist, kommt man irgendwann wieder da an, wo man vorher losgelaufen ist.

Pellegrine und Odoretta wussten das aber nicht. Die dachten, dass man bei einem Geradeausflug bis ans Ende der Welt kommt und dann einfach umdreht.

Jedenfalls begannen sie ihren Geradeausflug auf der Wiese direkt vor der Scheune. Odoretta zeigte über die Wiese und sagte: »In diese Richtung, und dann bis ans Ende der Welt!«

Bienen summten durch die warme Luft und überall wiegten sich bunte Blumen im Wind, als Pellegrine und Odoretta, immer schön geradeaus, über die Wiese marschierten.

»Hallo, ihr Blumen!«, sagte Odoretta. »Hallo, ihr Bienen!«

»Was für ein schöner Geradeausflug das ist«, sagte Pellegrine. Sie wedelte mit ihrem Schwanz hin und her, weil der in der Sonne glänzte und das fand sie toll.

Odoretta, die fand auch alles toll.

Jedenfalls so lange, bis die Wiese zu Ende war und die beiden auf einmal vor einem Bach standen.

Und der Bach, der war für eine Stinkmaus viel zu breit und viel zu tief.

»Mäusedreck!«, schimpfte Odoretta.
»Du kletterst einfach auf meinen Rücken und ich schwimme durch«, sagte Pellegrine.
»Niemals!«, rief Odoretta.
In so einem Bach, da konnte doch sonst was passieren! Da konnte sie reinfallen und ertrinken. Da lauerten womöglich irgendwelche Fische, die nur darauf warteten, dass eine Stinkmaus ins Wasser plumpste, um sie dann mit einem Haps aufzufressen. Da würde sie niemals freiwillig reingehen, in so einen Bach!
»Ich fürchte mich«, sagte Odoretta piepsig.
»Ich pass ganz doll auf dich auf!«, sagte Pellegrine.
»Versprochen?«, fragte Odoretta.
»Versprochen!«, sagte Pellegrine.
Wenn jemand auf einen aufpasst, muss man sich nicht so viel fürchten. Dann kann man schon mal ein bisschen mutig werden. Also holte Odoretta tief Luft und kletterte auf Pellegrines Rücken. Sie krallte sich in dem weichen Katzenfell fest, kniff die Augen zu-

sammen und sagte: »Ach du heilige Stinkmaus!«
Pellegrine stieg vorsichtig in den Bach. Erst hatte sie noch Boden unter den Pfoten. Aber dann musste sie schwimmen. Das war für sie natürlich überhaupt kein Problem. Immerhin sind Glitzerkatzen so ungefähr die besten Schwimmer, die es gibt. Sie können besser schwimmen als ein Nilpferd und besser als ein Krokodil. Sie können sogar besser schwimmen als Wasserratten, und was für gute Schwimmer Wasserratten sind, das weiß jeder.
Odoretta machte die Augen erst wieder auf, als Pellegrine auf der anderen Seite des Baches angekommen und rausgeklettert war und sie wieder festen Boden unter den Füßen spürte.
Pellegrine schüttelte sich so kräftig, dass glitzernde Wassertropfen in alle Richtungen flogen.
Odoretta zeigte auf einen Haufen Gestrüpp. »Da müssen wir durch«, sagte sie.

Pellegrine hatte es ganz einfach. Sie sprang in hohem Bogen einfach über das Gestrüpp drüber weg. Aber Odoretta, die musste sich mühsam durchkämpfen, durch kratzige Äste und durch zwickende Dornen. Als sie auf der anderen Seite herauskam, klebten überall in ihrem Fell Spinnweben.

»Ganz schön tapfer sind wir«, sagte sie.

»Ja, ganz schön tapfer«, sagte Pellegrine.

Und das mussten sie auch sein. Denn hinter dem Gestrüpp, da fing eine Weide an. Und auf der Weide lagen mindestens zehn Kühe rum.

»Die machen Mittagspause«, sagte Odoretta.

Pellegrine sagte gar nichts. Die ärgerte sich nur. Eine von den Kühen, eine große schwarz-weiße mit riesigen Hörnern auf dem Kopf, die machte nämlich ihre Mittagspause mitten auf dem Geradeausweg. Sie lag ganz gemütlich auf ihrem fetten Bauch in der Sonne und kaute Gras und glotzte in den blauen Himmel.

Pellegrine ging zu der Kuh und tippte sie auf die Nase. »Entschuldigung«, sagte sie. »Dürfen wir hier bitte durch?«
Die schwarz-weiße Kuh gab keine Antwort.
»Lass mich mal«, sagte Odoretta. Sie stapfte an das linke Ohr von der Kuh und rief: »Hey, Kuh! Könntest du mal so nett sein und ein Stückchen rücken? Wir müssen noch bis ans Ende der Welt, bevor es dunkel wird.«
Die Kuh sagte immer noch nichts. Sie kaute weiter auf ihrem Gras rum und guckte in die

Luft und tat so, als gäbe es auf der ganzen Welt keine Glitzerkatzen und keine Stinkmäuse und keine Geradeausflüge.

»Klappt nicht«, sagte Odoretta zu Pellegrine.

Da bekam Pellegrine eine richtig dicke Wut. Und mit einer richtig dicken Wut, da macht man manchmal Sachen, die man besser bleiben lassen sollte. So wie Pellegrine.

»Du total doofe, blöde Kuh!«, schrie sie die Kuh an.

Das war der Kuh zu viel! Sie stand blitzschnell auf ihren Beinen. Sie senkte ihren Hörnerkopf, schnaubte einmal kräftig und ging auf Pellegrine und Odoretta los wie eine Rakete.

»Nix wie weg!«, kreischte Pellegrine und stürzte davon.

»Ich kann nicht so schnell rennen«, schrie Odoretta und dann blieb sie mit ihren kurzen Stinkmausbeinen auch schon in einem Kuhfladen stecken.

Die wütende Kuh kam näher und näher und bestimmt hätte sie die arme Odoretta einfach platt gewalzt, wenn Pellegrine nicht eine Idee gehabt hätte. »Halt dich an meinem Schwanz fest«, rief sie Odoretta zu.

Das ließ Odoretta sich nicht zweimal sagen. Sie klammerte sich ans Ende von Pellegrines Glitzerkatzenschwanz und dann ging es los, über Stock und über Stein, vorn Pellegrine und hinten die Kuh und in der Mitte Odoretta.

Zack! ging es mit einem riesigen Satz über

das Gestrüpp hinweg und hops! mit einem Sprung über den Bach. Pellegrine rannte und rannte und rannte und Odoretta, die flog nach links und flog nach rechts und alles drehte sich um sie herum wie ein kunterbunter Kreisel, so sehr schlug Pellegrines Schwanz hin und her.

Wusch, wusch! ging es über die Blumenwiese und zisch! hinein in die Scheune und mit einem letzten Sprung ins Heu.

»Du meine Güte«, japste Pellegrine, »das war knapp!«

»Wie ärgerlich«, sagte Odoretta, als sie wieder wusste, wo oben und wo unten war. »Dabei waren wir bestimmt schon knapp vor dem Ende der Welt!«

»Ja«, sagte Pellegrine. »Aber vielleicht ist es am Ende der Welt sowieso ganz doof.«

Odoretta guckte aus der Scheunentür raus in den Himmel, der von der untergehenden Sonne so rot war wie ihr knallroter Schuh.

»Bestimmt«, sagte sie nachdenklich.

Aber so richtig, so richtig glaubte sie es nicht.

KAPITEL
FÜNF

Wie Odoretta mal fliegen konnte und Pellegrine nicht

Auf der großen Wiese neben der Scheune war ein Rummelplatz aufgebaut worden. Pellegrine und Odoretta standen hinter einem Busch und schauten sich alles an.
»Guck mal«, sagte Pellegrine.
Sie zeigte auf ein aufrecht stehendes Rad, an dem kleine Gondeln hingen. In den Gondeln saßen Menschen und das Rad drehte sich langsam.
»Das ist ein Riesenrad«, sagte Odoretta. »Man steigt ein und es dreht sich, und wenn man oben ist, hat man die beste Aussicht.«
Sie seufzte und schaute das Riesenrad an, als wäre es ein großer, runder Käse, der sich ganz allein für sie drehte.
»Was hast du?«, fragte Pellegrine.

»Ach, nix«, sagte Odoretta. Dann seufzte sie noch mal.

»Also was?«, fragte Pellegrine.

Odoretta sagte: »Manchmal wünsche ich mir, dass ich fliegen könnte. Dann könnte ich mir alles von oben angucken.«

Das fand Pellegrine seltsam. Sie hatte sich noch nie was von oben angucken wollen. Aber sie wünschte sich auch was, und zwar nicht nur manchmal, sondern dauernd. Sie wünschte sich, dass sie glitzern könnte.

»Dir wird schlecht, wenn du fliegst«, sagte sie zu Odoretta.

»Quatsch«, sagte Odoretta.

»Doch!«, sagte Pellegrine. Und dann sagte sie: »Huch!«

Da schwebte nämlich etwas Buntes auf sie zu, drei runde Dinger. Eins war rot, eins blau und eins gelb. Die Dinger hingen an einer langen Schnur, mit der sie zusammengebunden waren. Und die Schnur verfing sich in dem Busch, hinter dem Pellegrine und Odoretta standen.

»Hey, was ist das?«, fragte Pellegrine.

»Luftballons«, sagte Odoretta. »Die fliegen weg, wenn du sie losmachst. Rauf in den Himmel.«

»Was du nicht sagst«, sagte Pellegrine. Sie zerrte die Schnur von dem Ast, an dem sie sich verfangen hatte, und hielt die Ballons in der Pfote. Sie waren toll. Aber eigentlich fand Pellegrine alles toll. Vom Rummelplatz kamen die Düfte von leckeren Sachen, die sie noch nie zuvor gerochen hatte. Und es gab so viel zu sehen! Pellegrine schaute sich um. Links sah sie das Riesenrad, das sich immer noch drehte. Rechts sah sie ein Karussell mit Pferden, das drehte sich auch und machte dabei sehr hübsche Musik.

Geradeaus sah sie ein Ding, in dem hupende kleine Autos mit Leuten drin herumfuhren.

Und vor dem Autoding, direkt davor … da stand Herr Fischer, der Mistkerl, der sie auf die Straße gesetzt hatte!

Pellegrine erstarrte. »Was ist los?«, fragte Odoretta.

»Da vorne ist der Mistkerl, der mich auf die Straße gesetzt hat!«, fauchte Pellegrine.
»Wo?«, fragte Odoretta.
»Da vorne, bei dem Autodings«, sagte Pellegrine.
Jetzt ging ihr doch der Hut hoch! Nicht nur, dass der Fischer sich traute vor ihren Augen auf dem Rummelplatz rumzurennen. Nein, der Angeber hatte doch tatsächlich eine von seinen Glitzerkatzen dabei! Und natürlich fanden alle Leute sie ganz toll. Sie standen um Herrn Fischer herum, der sich seinen fetten Wanst mit Zuckerwatte vollstopfte, und glotzten ihn und die Katze an.
»Die ist wunderschön«, flüsterte Odoretta.
Pellegrine hätte am liebsten geheult. Die Glitzerkatze war wirklich wunderschön! Vor lauter Geglitzer konnte man sie kaum erkennen, so funkelte und strahlte und schimmerte sie in alle Richtungen. Und Herr Fischer, der sah so aus, als würde er vor Stolz gleich platzen. Dabei glitzerte er selber kein bisschen. Pellegrine wurde sauer.

Nicht auf Odoretta.
Auch nicht auf die Glitzerkatze, die hatte ihr ja nichts getan.
Aber Herr Fischer, der hatte ihr was getan. Und dem würde sie jetzt endlich mal die Meinung sagen!
»Halt mal«, sagte Pellegrine und sie drückte Odoretta die Schnüre mit den Luftballons in die Pfote.
Es machte *zussssssch!* und die Ballons waren nicht mehr da.
Odoretta auch nicht.
Aber das bemerkte Pellegrine nicht.
Pellegrine hatte nur Augen für Herrn Fischer, den mistkerligen Angeber. Und womöglich hätte sie es geschafft, ihm endlich mal zu sagen, was sie von Katzenrausschmeißern hielt, wenn sie sich, ja wenn sie sich nicht doch noch kurz umgedreht hätte.
Odoretta war weg! Sie hielt sich an den Ballonschnüren fest und war schon so hoch oben in der Luft, dass Pellegrine sie zuerst gar nicht sah.

»Juhu!«, rief Odoretta.
Pellegrine blieb stehen. Sie guckte nach links und sie guckte nach rechts. Keine Odoretta.
»Juhu!«, rief Odoretta noch mal.
Jetzt erst schaute Pellegrine nach oben und da hatte sie die Bescherung.
»Du meine Güte!«, rief sie. »Was machst du da oben?«
»Fliegen«, rief Odoretta. Und sie lachte.
Der Wind trieb die Ballons und Odoretta fort. Er wehte sie über die Scheune hinweg, weit ins Land hinein. Pellegrine rannte los, immer hinterher. Sie rannte und rannte, bis von dem Rummelplatz und der Scheune nichts mehr zu sehen war. Jetzt gab es nur noch Wiesen und Äcker und dazwischen ein paar Bäume.
Odoretta und die Ballons waren nur noch bunte Pünktchen am Himmel.
Pellegrine rannte wie verrückt. Einmal stolperte sie und fiel vornüber auf die Schnauze, aber sie sprang sofort wieder auf und lief weiter.

»Hey, Odoretta«, schrie sie, »musst du kotzen?«
»Nee«, schrie Odoretta zurück, »ich glaube nicht.« Ihre Stimme klang ganz, ganz leise.
»Hast du Angst?«, schrie Pellegrine.
»Nee«, schrie Odoretta. »Es ist vanillegut!«
Aber Pellegrine, die hatte Angst. Sie stellte sich vor, wie Odoretta langsam mit den Ballons davonflog und wie sie womöglich in einem anderen Land notlanden musste. Und wenn das ein Land war, wo man Stinkmäuse nicht leiden konnte, dann aber gute Nacht, Marie!
Dann fiel Pellegrine ein, dass sie keine Freundin mehr haben würde, wenn Odoretta weg war, und sie fing an zu heulen. Sie heulte laut.
»Was ist los?«, brüllte Odoretta. Sie musste brüllen, weil Pellegrine sie sonst nicht mehr hören konnte, so hoch oben war sie schon.
Und Pellegrine brüllte zurück: »Du kannst mich doch hier nicht alleine lassen! Du bist doch meine einzige Freundin auf der Welt!«
»Stimmt«, brüllte Odoretta.

Und sie ließ die Ballons los und fiel vom Himmel runter.
Das hätte sie besser nicht getan. Man kann nicht einfach durch die Gegend fliegen und sich plötzlich fallen lassen. Da kann sonst was passieren. Wenn man gerade über den Zoo fliegt, kann man im Becken mit den Krokodilen landen. Wenn man über das städtische Tierheim fliegt, plumpst man womöglich genau in den Katzenkäfig. Oder man kracht auf eine Straße und ein Lastwagen fährt über einen drüber.
Odoretta, die fiel und fiel vom Himmel runter, während die Ballons langsam am Horizont verschwanden.
Unter ihr rannte Pellegrine ein Stückchen hierhin und ein Stückchen dorthin, um sie aufzufangen.
Und dann knallte Odoretta ihr genau auf den Kopf.
»Bruchlandung!«, piepste Odoretta.
»Wie bin ich froh, dass du wieder da bist!«, sagte Pellegrine und rieb sich den Kopf.

»Ich auch«, sagte Odoretta.
Und dann gingen sie zurück zum Rummelplatz. Von Herrn Fischer und seiner Glitzerkatze war natürlich nichts mehr zu sehen. Die waren längst gegangen.
»Das tut mir leid«, sagte Odoretta.
»Drauf gepfiffen«, sagte Pellegrine. »Den erwische ich ein andermal. Und dann, dann kann er was erleben!«
Es wurde langsam dunkel und eine Weile standen die beiden hinter ihrem Busch und schauten zu, wie überall auf dem Rummelplatz bunte Lichter angingen und alles erstrahlte, heller als der Mond.
»Schön ist das«, sagte Pellegrine.
»Aber nicht so schön wie Fliegen«, sagte Odoretta leise.

KAPITEL
SECHS

Wie Odoretta erkältet war und Pellegrine ihr eine Geschichte erzählte

Es regnete und regnete schon seit Tagen auf die alte Scheune herunter und es hörte überhaupt nicht mehr auf. Dichte, graue Wolken verdeckten den Himmel und die Sonne und nasskalter Wind pfiff über das Land.

Und eines Morgens, da war Odoretta krank. Sie guckte aus ihrem knallroten Schuh heraus, nieste einmal kräftig und sagte: »Ig glaub, ig hab Gnupfen!«

»Dann muss ich dir eine Geschichte erzählen«, sagte Pellegrine.

Das weiß nämlich jeder, dass es einem gleich viel besser geht, wenn man krank ist und eine Geschichte erzählt bekommt.

»Toll!«, sagte Odoretta. Sie kuschelte sich gemütlich in ihren warmen Schuh und wartete.

Pellegrine überlegte. Sie hatte noch nie eine Geschichte erzählt. Sie konnte auch nicht richtig nachdenken, weil die Regentropfen ohne Unterlass auf das Scheunendach fielen und das Geplatsche sie ganz durcheinanderbrachte. Aber dann hatte sie eine Idee.

»Weißt du, warum es nicht aufhört zu regnen?«, fragte sie Odoretta.

»Nee«, sagte Odoretta und nieste.

»Weil das vielleicht gerade die neue Sintflut ist«, sagte Pellegrine.

»Was ist das, die Sintflut?«, fragte Odoretta.

Und Pellegrine erzählte:

»Die letzte Sintflut, die ist schon viele, viele Tausend Jahre her. An einem Tag war noch das schönste Wetter, mit strahlend blauem Himmel und allem Drum und Dran, und am nächsten Tag fielen schon die ersten dicken Regentropfen vom Himmel.

›Nanu‹, sagten die Menschen und Tiere, ›was sind das nur für dicke Regentropfen?‹

Sie wussten nicht, dass die Große Glitzerkatze total sauer auf sie war, weil sie dauernd

irgendwelchen Unfug anrichteten auf der Welt. ›So nicht!‹, hatte die Große Glitzerkatze gesagt. Dann hatte sie den Stöpsel aus dem Himmel gezogen und jetzt fiel also das ganze Wasser runter.
Es regnete ununterbrochen. Nach einer Woche war schon die ganze Welt abgesoffen und Überlebende gab es nur deswegen, weil die Große Stinkmaus ein Schiff gebaut hatte, wo ganz viele Tiere und ein paar Menschen reinpassten.«
»Das ist spannend«, sagte Odoretta.
Pellegrine nickte.
»Das mit dem Schiff, das war natürlich geplant. Die Große Glitzerkatze hatte nämlich ein bisschen Mitleid gehabt. Sie war vom Himmel runtergekommen und hatte die Große Stinkmaus besucht.
›Große Stinkmaus, bau ein Schiff!‹, hatte sie gesagt und mächtig dabei rumgeglitzert. ›Und dann sieh mal zu, dass da alle Tiere irgendwie reinpassen!‹
Wenn die Große Glitzerkatze einem so was

sagt, dann fragt man nicht lange. Da baut man einfach ein Schiff.

Das machte die Große Stinkmaus und sie holte alle möglichen Tiere in das Schiff, von allen ein Paar, und natürlich auch ein Paar Menschen. Und als der Regen fiel und fiel und das Wasser stieg und stieg, da legte das Schiff dann ab. So ist das gewesen, damals.

Also, das Schiff war schon eine ganze Weile über das Wasser geschippert, ungefähr einen Monat, und es regnete immer noch. Da wurden die Tiere langsam unruhig und die Menschen auch. ›Das dauert ja ewig‹, nörgelten sie rum.

Und dann fingen sie auch noch an sich zu streiten.

Am schlimmsten stritten sich die Elefanten mit den Regentierchen. Die Regentierchen waren klein und schwarz und rund. Das Einzige, was aus dem schwarzen Fell rausguckte, das waren ihre großen, roten Nasen. Sie waren die einzigen Tiere, die Regen toll fanden. Ohne Regen konnten sie sich nämlich nicht

erkälten, und wenn sie nicht erkältet waren, fühlten sie sich nicht richtig wohl.
Die Elefanten, die fanden es aber blöd, wenn es regnete. Die wollten es so trocken und so warm haben wie möglich. ›Der nervt, dieser doofe Regen!‹, sagten sie.
›Ihr nervt auch, ihr doofen Elefanten!‹, sagten die Regentierchen. Sie schauten ganz vergnügt vom Schiffsdeck runter ins Wasser, auf das die Regentropfen fielen, und sangen dabei ein kleines Liedchen.
›Ihr wollt wohl Stunk?‹, sagten die Elefanten.
›Und ihr wollt wohl Kloppe!‹, sagten die Regentierchen.
Da knallten die Elefanten ihnen eine und die Regentierchen fielen über Bord. Sie hielten sich noch an den Nasen von den Elefanten fest und die wurden lang und länger, aber irgendwann war Schluss. Die Regentierchen fielen ins Wasser und weil sie nicht schwimmen konnten, mussten sie jämmerlich ertrinken.«

»Wie schrecklich«, sagte Odoretta.

»Ja«, sagte Pellegrine. »Seitdem gibt es keine Regentierchen mehr auf unserer Welt. Die Große Stinkmaus, die war darüber sehr unglücklich. Sie hatte auch Angst, dass noch mehr Tiere sich kloppen würden, und deshalb dachte sie sich einen Plan aus. Sie baute ein ganz, ganz winziges Schiff und da setzte sie eine von den beiden kleinen Stinkmäusen rein, die sie mitgenommen hatte.

›Du musst über das Meer segeln und Land finden‹, sagte sie zu der kleinen Stinkmaus.

Das fand die kleine Stinkmaus nicht gut, aber was wollte sie machen?

›Adieu, Geliebte!‹, sagte sie zu ihrer Frau und segelte davon.«

»Ach, wie ist das traurig«, schniefte Odoretta.

»Ja, aber du musst mich nicht ständig unterbrechen«, sagte Pellegrine.

»Nach einem Tag war das winzige Schiff schon voller Wasser, weil hohe Wellen reinschwappten und weil es immer noch regnete. Das musste die kleine Stinkmaus alles rausschöpfen. Am zweiten Tag wurde es auch nicht besser und am dritten Tag hatte sie die Nase endlich voll.

›Hey!‹, rief sie zum Himmel rauf, wo die Große Glitzerkatze schön im Trockenen saß. ›Ist jetzt bald mal Schluss oder soll ich mich hier womöglich noch erkälten?‹ Da hörte der Regen auf. Der Himmel wurde wieder klar und blau, die Sonne schien und am vierten Tag entdeckte die kleine Stinkmaus endlich Land.

So ein Glück!, dachte sie und machte kehrt. Sieben Tage nachdem sie vom großen Schiff losgesegelt war, kam sie dort wieder an. Da freuten sich alle Tiere wie verrückt und gratulierten ihr zu ihrer Heldentat und die Große Stinkmaus sagte: ›Respekt, Respekt!‹

Die kleine Stinkmaus gab ihrer Frau einen Kuss. Dann nahm sie sie in die Arme und gemeinsam schauten die beiden zu, wie das Land immer näher kam, über dem die Große Glitzerkatze höchstpersönlich strahlte.«

»Und wenn sie nicht gestorben sind, dann leben sie noch heute«, sagte Odoretta zufrieden.

»Nee«, sagte Pellegrine. »Erst hörten sie nämlich noch eine Stimme. Es war die Stimme von der Großen Glitzerkatze. Die kam aus den Wolken runter und sagte: ›Weil du so tapfer warst, du kleine Stinkmaus, sollen nie wieder irgendwelche Stinkmäuse Schnupfen kriegen, höchstens für einen Tag.‹ *So* hört die Geschichte auf!«

»Das ist das beste Ende!« sagte Odoretta. Sie bemerkte gar nicht, dass ihre Stimme schon viel besser klang. Aber Pellegrine, die merkte es. Die merkte auch, dass es aufgehört hatte zu regnen. Sie ging zur Scheunentür, stieß sie weit auf und schaute hinaus in einen blitzblauen Himmel.

»Da haben wir aber noch mal Glück gehabt«, sagte sie.

»Ja«, piepste Odoretta aus ihrem knallroten Schuh. »Wenn das so weitergegangen wäre, dann hätte ich womöglich noch ein Schiff bauen müssen!«

»Ganz bestimmt«, sagte Pellegrine.
Und dann lachte sie und sie freute sich darüber, dass Odoretta wieder gesund wurde.

KAPITEL
SIEBEN

Wie Pellegrine und Odoretta mit Herrn Fischer abrechneten

Wenn Odoretta schlief, konnte nichts und niemand sie aufwecken. Wenn da eine Feuerwerksrakete explodiert wäre neben der Scheune, dann hätte sie sich einfach nur umgedreht und weitergeschlafen, so tief und fest schlief sie in ihrem knallroten Schuh.

Aber eines Nachts, da wachte sie doch auf. Sie träumte gerade, dass sie mit einem kleinen, bunten Flugzeug zum Mond geflogen war. Jede Maus denkt nämlich, der Mond wäre ein großer Käse. Das war schon immer so. Wenn der Mond kein Käse wäre, dann wären schließlich keine Löcher drin. Dann würden ihm auch nicht manchmal die Seiten fehlen, die von den Mondmäusen weggefressen werden, die aber Gott sei Dank immer wieder nachwachsen.

Odoretta war also mit dem kleinen, bunten Flieger gelandet. Sie war ausgestiegen, hatte ihre Fliegerbrille abgenommen und war eben dabei, sich quer durch den Mond zu fressen, als sie diese Töne hörte. So ein komisches Schniefen und Schnüffeln. Nanu, dachte sie im Traum, schmilzt etwa der Mond oder heult da eine Mondmaus oder was?
Aber es war keine Mondmaus. Es war Pellegrine. Die hatte erst geschnieft und geschnüffelt und jetzt heulte sie ganz erbärmlich. Und zwar nicht im Traum, sondern in Wirklichkeit.
Na gut, dachte Odoretta, der Mond ist groß genug, da kann ich mich noch ein andermal durchfressen. Lieber kümmere ich mich um meine beste Freundin Pellegrine. Und sie zog ihre Fliegerbrille wieder auf, stieg in das bunte Flugzeug und flog zurück in die alte Scheune. Dort wachte sie auf. Pellegrine saß neben ihr im Heu und heulte.
»Gut, dass du wach bist«, sagte sie.
»Was ist los?«, fragte Odoretta.

»Ach«, schniefte Pellegrine, »ich konnte nicht schlafen, da bin ich rausgegangen. Und draußen ist gerade die wunderschönste Nacht! Der Mond scheint und die Sterne strahlen und das ganze Weltall glitzert und funkelt. Nur ich nicht! Ich bin die hässlichste Glitzerkatze der Welt!«

Odoretta hatte Pellegrine schon hundertmal gesagt, dass sie es nicht schlimm fand, wenn eine Glitzerkatze nicht glitzern konnte. Aber heute half das gar nichts. Heute war Pellegrine so unglücklich, dass endlich was passieren musste. Wenn Pellegrine nicht bald aufhörte zu heulen, würde womöglich noch die ganze Scheune überschwemmt.

»Hör auf zu heulen«, sagte Odoretta zu Pellegrine. »Wir gehen jetzt zu Herrn Fischer.«

Und das taten sie, mitten in dieser wunderschönen Nacht.

Das war nämlich so: Wenn Herr Fischer, dieser Mistkerl, damals nicht so doof zu ihr gewesen wäre, dann wäre Pellegrine auch nicht so traurig. Wenn der gesagt hätte, na ja, du

glitzerst zwar nicht, aber du bist eigentlich trotzdem eine ganz niedliche Glitzerkatze, dann wäre alles in Butter gewesen. Stattdessen hatte Herr Fischer Pellegrine rausgeschmissen und da war es kein Wunder, dass sie sich vorkam wie die hässlichste Katze der Welt.

»Was sag ich ihm denn bloß?«, fragte Pellegrine, als sie neben Odoretta herging.

Sie waren schon fast in der Stadt angekommen, die hell und still im Mondlicht vor ihnen lag.

»Dass er zugeben soll, dass du die tollste nicht glitzernde Glitzerkatze bist«, sagte Odoretta.

»Und wenn er's nicht tut?«

»Dann tatzt du ihm eine«, sagte Odoretta. »Oder du pinkelst ihm ans Bein.«

Pellegrine sagte nichts mehr. Sie hatte ein Gefühl im Bauch, als ob dadrin jemand Karussell führe. So ein Gefühl hat jeder schon mal gehabt. Das kriegt man immer, wenn man Angst hat vor irgendwas. Und Pellegrine, die wäre am liebsten zur Scheune zurückgelaufen vor Angst. Aber sie tat es nicht und das war gut so. Sonst würde sie womöglich heute noch da herumsitzen und immer trauriger werden wegen dem Geglitzer.

Nein, Pellegrine ging ganz tapfer mit Odoretta in die Stadt. Sie ging durch die dunkle Straße, in der Herr Fischer wohnte, und da stellte sie sich vor die Haustür von dem Mistkerl und klopfte an und wartete. Drinnen rührte sich nichts. Pellegrine klopfte fester.

Immer noch nichts. Und da wurde sie richtig sauer.

»Herr Fischer!«, brüllte sie. »Mach gefälligst auf!«

»Wer ist da?«, rief Herr Fischer mit seiner rauen Stimme hinter der Tür.

»Ich bin die Glitzerkatze, die du rausgeschmissen hast!«, rief Pellegrine. »Und ich muss mal mit dir reden.«

Über der Haustür ging ein Licht an. Die Tür ging auf und Herr Fischer stand direkt vor

Pellegrine und Odoretta und guckte auf sie herunter. Er hatte ein weißes Nachthemd an, das sich über seinem dicken Bauch spannte, und die wenigen grauen Haare, die er noch hatte, waren ganz verwuschelt.
»Soso«, sagte er zu Pellegrine, »du bist also die hässliche Glitzerkatze, die ich rausgeschmissen habe bei Wind und Wetter.« Er schaute Odoretta an. »Und wer bist du?«
»Ich bin Odoretta und die Freundin von Pellegrine und ich stehe ihr bei«, piepste Odoretta.
»Hm, hm«, sagte Herr Fischer und kratzte sich am Kopf. »Odoretta. Du bist ja eine richtig eklige kleine Maus. Deswegen passt du auch ganz hervorragend zu dieser hässlichen Katze.«
»Ich bin nicht hässlich!«, sagte Pellegrine. »Ich kann nur nicht glitzern.«
»Pah!«, sagte Herr Fischer. »Eine Glitzerkatze, die nicht glitzern kann, die ist auch nix wert. Die ist eben einfach nur hässlich und damit basta!«

»Das stimmt nicht!«, schrie Odoretta. »Pellegrine ist die tollste nicht glitzernde Glitzerkatze der Welt!«
»Da muss ich ja mal lachen!«, sagte Herr Fischer. »Die ist die blödeste Glitzerkatze der Welt, sonst hätte sie dich ja schon längst aufgefressen, du eklige kleine Zwergratte!«
Junge, Junge! Das hätte er mal besser gelassen, Pellegrines beste Freundin Zwergratte zu nennen. Vor lauter Wut hatte Pellegrine jetzt nämlich überhaupt keine Angst mehr.
»Mistkerl!«, schrie sie Herrn Fischer an und tatzte ihm eine. Leider war sie so aufgeregt, dass sie genau an seinem rechten Bein vorbeitatzte.
»Ha!«, rief Herr Fischer. »Glitzern kannst du nicht und zum Tatzen bist du auch zu doof! Du bist eben die hässlichste und dümmste Glitzerkatze der Welt!«
Da ging Odoretta aber der Hut hoch! So was hatte sie ja in ihrem ganzen Leben noch nicht gehört, so etwas Gemeines! Und wenn Odo-

retta der Hut hochging, dann fing sie an zu stinken.
Herr Fischer schnupperte. »Was ist das für ein ekliger Geruch?«, fragte er.
»Stinkmausgeruch«, sagte Odoretta.
Es war der beste Gestank, den sie je gemacht hatte. Faule Eier waren gar nichts dagegen, und Käsefüße und vergammelte Fische und frische Hundekacke auch nicht. Es gab eine richtige kleine grüne Wolke, als Odoretta so stank. Und die kleine grüne Wolke flog genau zu Herrn Fischer. Sie kroch unter sein Nachthemd, wo sie sich so richtig schön breitmachte. Und da blieb sie, für immer und ewig.
»Das hast du davon!«, sagten Odoretta und Pellegrine. Und sie ließen Herrn Fischer einfach in seinem Gestank stehen und gingen davon.
»Jetzt geht's mir richtig gut«, sagte Pellegrine auf dem Nachhauseweg.
»Bist du auch nicht mehr traurig, weil du nicht glitzern kannst?«, fragte Odoretta.

»Nee. Das macht mir nichts mehr aus«, sagte Pellegrine.
Sie blieb stehen und schaute nach oben, wo das Weltall in all seiner strahlenden Pracht schimmerte. »Wie schön das alles glitzert«, flüsterte sie. »Und wie schön ich nicht glitzere!«
Dann nahm sie Odoretta an die Pfote und ging mit ihr auf die alte Scheune zu, die sich

am Ende des Weges dunkel gegen den funkelnden Nachthimmel abhob.

Rico und Oskar muss man einfach lieben!

Andreas Steinhöfel
Rico und Oskar, Band 1: Rico, Oskar und die Tieferschatten
224 Seiten
Taschenbuch
ISBN 978-3-551-31029-3

Eigentlich soll Rico ja nur ein Ferientagebuch führen. Schwierig genug für einen, der leicht den roten oder den grünen oder auch den blauen Faden verliert. Aber als er dann auch noch Oskar mit dem blauen Helm kennenlernt und die beiden dem berüchtigten ALDI-Kidnapper auf die Spur kommen, geht es in seinem Kopf ganz schön durcheinander. Doch zusammen mit Oskar verlieren sogar die Tieferschatten etwas von ihrem Schrecken.

www.carlsen.de

CARLSEN

Ein etwas anderes Pferd

Hilke Rosenboom
Ein Pferd namens Milchmann
144 Seiten
Taschenbuch
ISBN 978-3-551-35663-5

Eines Morgens im Mai steht Herman in der Küche und ritzt einen Ritter auf sein Butterbrot. Da hört er plötzlich, wie draußen jemand hustet: Donnerlittchen, ein Pferd mitten auf der Terrasse! Es heißt Milchmann und seine gewaltigen Lippen zittern, als wolle es gleich losheulen. Herman muss was unternehmen! Milchmann darf auf keinen Fall in die Hände der Tierfänger geraten, die nachts um Hermans Garage herumschleichen!

www.carlsen.de

CARLSEN